とにかく あてもなくても このドアを あけようよ

銀色夏生

幻冬舎文庫

涼しい夕暮れに会いましょう
今日でもいいです
今日がいいです
涼しい夕暮れに会いましょう
すくなくともひとつ
話があります
いいことかどうか
たぶん　いいことです

みごとに汚れなき瞳
今ここに
横たえて
君が　しもべとならん

君と僕との間の距離
まわりの動きに翻弄されて
確かなところがわからない
その不確かな遠近感
移ろいやすい親密さ

あなたを疑うことは
自由を疑うこと
もう　おかしな真似はしない
そして後悔もしない

ふんわりとお花を
ほほによせた
見あきない
その横顔
一秒間の注視に
全部をこめる

人知れず君に
思いを馳せる癖があり
何を見ても
それが

「やあ、と言うクッキー」

お菓子の国の王子様が
ある夜　私のもとへやってきた
「君はどうして泣いているのだろうか」
「あなたには言いたくないわ」と
私は答えた
王子様は笑って　うんうん
うなずいた
「じゃあ僕の話をしようか
僕はとても遠いところからやってきたんだよ
だから何を見ても　すごく愛しく
感じられてしまうんだ
君も長い旅をしたらわかるんだけどな」
「あら、私は旅はしてないけれど
してることと同じよ
だってすごく愛しく感じる人がいるもの
たったひとりだけど」

「じゃあ君は　その人にだけ
遠い旅をしてるんだね」

「もう、黙ってて
私、今、考えごとのさいちゅうだったの
あなたのおかげでどこまでだったか忘れちゃったわ」
「悪いね
じゃあ僕、もう行くよ
でも時々様子を見にくるからね
その時はクッキーの姿をしてるよ」

「水の泡」

初秋の休日、山に登った。
最初はゆるやかで、後にだんだんきつくなった。
石の上で休憩していた時、その日はじめて会った男の人が、親切にあちこちの山の名前を教えてくれた。それですこし気が晴れて、また登りはじめた。
私が今までやってきたことは、何だったのだろう。
すべてが水の泡だ。
私はその日、とても暗い気持ちだった。
すぐには立ち直れそうもなく、あとをうめてくれそうな何かもなかった。
秋風は胸にしみ、さわやかに晴れわたった空は、ただ単に遠かった。
頂上に着き、水を飲んだ。
透明なコップの中に小さな水の泡が生まれた。
まんまるで、美しく。

努力したことが実を結ばないことを水の泡という。
なぜだろう。
こんなにきれいなのに。
すぐに消えてなくなるからかな。
長い間の努力が水の泡となった今日、私は水の泡を飲む。
と、心の中でつぶやきながら水を飲んだ。
おかしくなって、笑った。
それを見たらしいさっきの男の人が、
「何かいいことがあったのですか」と言う。
私は「はい」と答えた。

いいこと。これがいいことになる日がいつかやってくるだろうか。
せめて思い出しもしないつまらない出来事となってほしい。
私は目の前に広がる未来を見わたした。見わたそうと試みた。
まだ確かなものは何もない。何も見えないが、ぼんやりと、行きたい方向はある。
そこへ向かって進んでいこう。すこしずつでも。

二人があの時で
止まっていたらと思う時は
あの砂浜にねころんで
砂を腕にのせて遊んでいた時

チェックアウトの時
バタバタとあわただしくて
楽しかったこと　うれしかったこと
何も伝えられず
そのうちにと思っていたら
それきりになってしまった
白く輝く屋根
国道ぞいの灯台
枯れ草まみれの靴たち

隠れてるんだけど
誰も捜してないみたい

快楽と恐怖
倦怠と明晰
ふみこむこと
強くつかんでうばうこと

「空に木に花に」
ねえ　どうして私を好きになったの
君の問いかけが　空に木に花にすいこまれる
自分には自信がないけど
問いかけには自信があるような
無垢な強さがある
黙っている僕の隣で
君は期待に
胸をふくらます
その頃は
もう僕の頭の中は
別のことで
いっぱいで
心は遠くへ
さまよいでている
その後の君の言葉たちは
直接に
まっすぐ
空に
木に
花に

すいこまれる

完璧さにまるくまかれて眠り
安らかに抱かれるにまかせる
完璧さは不完全でも
そのままそれを完璧ととらえるなら
球のようにカーテンのようにあやふやな波うつ表面のように
スキもなく閉じられ融合する
それで　その胸うつ調和に体をあずけ
手をつなぎ
小窓から世界を眺めていた

キオクやキボウがなければ
今より自由だろうか

秋がはじきとばされ
サボテンの冬が来た
この清らかさをどうしよう
つかれきった瞳の奥の
その清らかさはどうだろう

てるてる坊主みたいな服を着た
サーカスの子どもたちが５人
きれいにそろって片手をあげて
同心円上をくるくるまわる
上手　上手

「微苦笑」

どうしようもない気持ちにつきうごかされて
苦しく笑う
僅かな動きを気づかれなかったことをいのる
今でもまだ忘れてないことを
気づかれなかったことを

砂の中を
つき進む石
鉄砲と弾丸
ハレー彗星

「葉っぱと原点」

厳しさの中のちょっとした甘さというのや
安らかさの中の激しさのひとかけらが
どんなに
苦しい労働の間の休息みたいだったか

あなたの持っていた
素晴らしい性質は
そんなふうなところにも
顕著にあらわれていた

あなたとあの状況の下でなら
一生懸命何も考えずに働ける
いつだってそこへふたたび
飛びこみたいと思う

遠くへすぎていった日々
もうそこから
はるかに遠いここへ
来てしまった今でも

くだらない話
つまらない　イヤになるような話ばかりしている人たち
あんなところへは落ちてはいかない
あんなところへは決して流されない

楽しいということは
影響力をもつということ

さまざまな種類の植物に囲まれていたのは
「オズの魔法使い」にでてくる
ブリキの木こりのような木

「ようこそいらっしゃいませ」

少女のかわいらしい声に
魔法の扉をくぐると
何かおもしろいことがおこったのか知りたがる人のような
二つの目が待っていた

明日の朝には
消えてなくなろうね

ハートを作る
空気の底
コンクリートの台
元気をだそうと努めて
それぞれの道を歩いていく途中

ヘビに似た形相
おそろしいふるまい
さりとて君から
目を離せず

「波がしらと文鎮」

さんざめく航海をしていた
あの日々は万国旗
あなたをつれて歩く
宵の明星

かすかな物音にも
愛の調和を聞く

波がしらに夜風の文鎮
軽すぎて　しぶきばかりが舞う

あの夕日は沈むけど　裏では朝日としてのぼっていく

思ってることと言ってることがズレている時
私はちょっと道をはずしてる

水すましが哀愁曲線を描いて
水の上に印をつける
ニュアンスは残っても
印は消える
消えるのだから

「氷の青さ」

君が悪く　人に見せているのを知ってる
何をうたがい　何を信じきれずにいるのか
誰にも理解を望まず
誤解されても平気な顔で
胸の痛みに気づかないふりをしてる
それともその痛みを見すえているのか
君ほどの人に
見える現実

氷の青さ

砂浜で小石をひろって並べた
三センチくらいの石
それから本を読んだ
しばらくしてポツリポツリと雨が降ってきた
見ると　石の上にも雨が
この雨のてんてんは
高い空からひとつずつここへ落ちてきた
こんな小さな石にも
こんなに小さな雨はそれぞれに距離をもっている
そして　まっすぐにここへ
空の上の雲から

散歩をしよう
一緒に
サボテンの間をジグザグにぬって

タヒチのファヒネ島にある
キングコング岩
背中をむけてむこうへと
歩み去る姿が見えます
バイバイ　キングコング
また明日

木もれ日の中で
次なる戦いがはじまる
心理ゲームは得意だけど
涙は苦手

急げ急げ
この世はまぶしく
人生は短い

急げ急げ
猛スピードで
やりおえて
残りの時間は
自分のために

「ナイト」
もう決して後悔するようなことはしない
自尊心の傷みを忘れない
白い天の神様に聞こえるほど高く
ちゃんと真面目に誓います
そしてあなたを守ります

はっきりした気持ち
はっきりと澄みきった気持ち

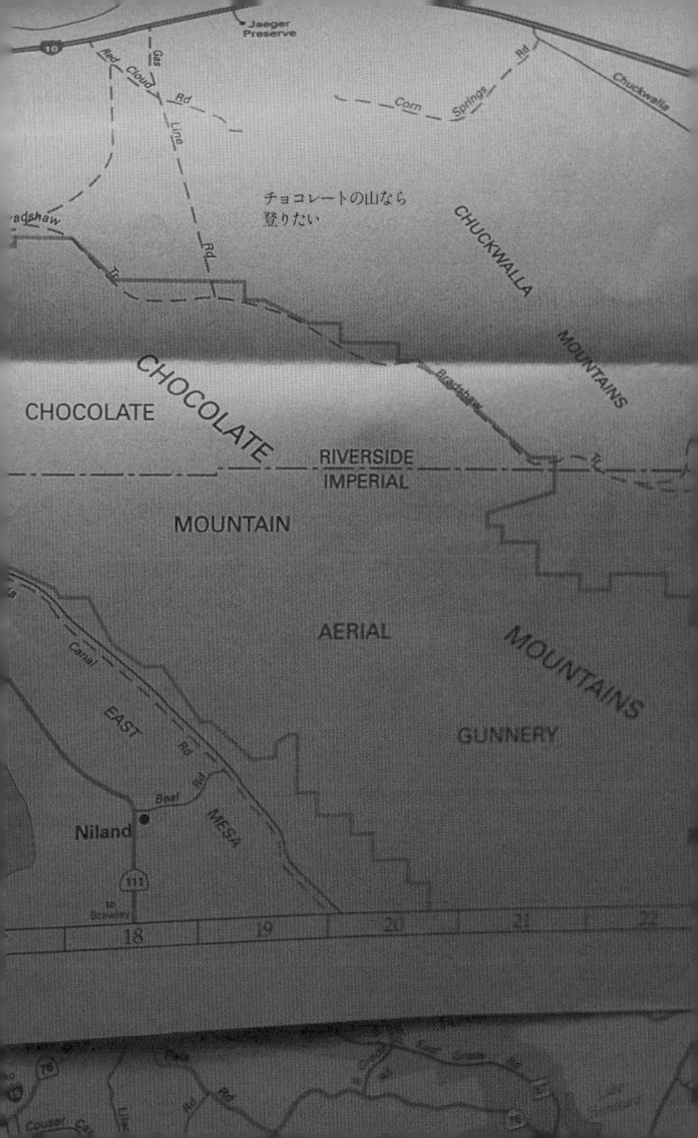

チョコレートの山なら
登りたい

見た目が変わったかどうかわからないが
とにかく中身は
すっかり変わった僕は
思ってることをストレートに口に出すことも
めったになくなった
嫌いな人に会っても
たいして頭にこないし
街ゆく人を目にしても
あの頃ほどカッコよく見えないのは
なぜだろう

人がもつ力はどのくらいあるのか
私の今までの中で
私がしたことといったら
ほんのすこし
もっともっとたくさんのことをして
限界を知りたい
ギリギリまで
あっちの限りから　こっちの限りまで行きたい
そして決して　ぼろぼろにならず
強く笑って　帰ってきたい

明日のことは
あさって考えよう

いいかげんさが
カッコよさ

さよならと言う人の顔を見た

「雲の犬」

「犬の雲」

「毒グモあらわる」

命あやうし
恋せよ私

84
371

「続く」

私はいつも
あなたをけなすが
その
けなされる理由をもつ
あなたtakże好きになった

私は　また　いかり
またあなたをけなし
またあなたはけなされ
そして　私たちは続く

どの見方に共感するか
どの意見に反発するか
おだやかな無表情の下の
たえまない観察

バランスが変わる瞬間に
サッと緊張感が走ったが
それに気づいた人はわずかだった

僕は旅人だからわからない
君のその流れのない悩み

明るい明日が頼みの綱

別れても忘れない
ずっと忘れない

死ぬまで君のことは
忘れない　絶対に

と言ったのはウソだった

いや　確かにあの時は　そう思っていたんだ
でも三年もたつと　本当に忘れちゃうんだな

あの人には
貧乏だという
長所がある

移り気な秋風が
窓という窓をたたき
僕の好きな君達を
愛が満たした九月

等しく愛していたから
誰もが楽しかった
僕と君と彼女とあの子

「走り去る景色」

「汚れなき消息」

いつでもどこからか
あの人が見ている気がする
いつまた会うかしれないから
まだ気をぬけない
まだ試合は終わらない

「青色の涙」

あふれてくる甘い涙
その人の前に純粋であること

みんな恋ですか
やさしい人達
これは みんな 恋ですか
そぞろ歩く人々

その一歩が
私を　すくい ひきあげる

その一言が
私をすくい ひきあげる

「愛情」

毎朝の習慣になっていた散歩では
形あるままに枯れてしまった草や木やすべてが
人ひとり分のすき間をのこして
つめたくひろがっているのを見ることができる
うっすらと降りつもる落ち葉をふみしめて
幾重にも折れ曲がり重なりあう茂みへとはいって行くと
明るい光がさしこむくぼ地へとでる
今はじめての行動を
すでに何度も考え 予想した意識のもとに始める
はじめての言葉 はじめての表情 はじめての観察
発見は心をおどらせ しずまりかえらす
すべるように消えていく羽音
真夜中のプールの静けさ
砂の中にうずもれて あれが通りすぎるまで息をひそめる

あらゆるものがいっせいに輝きだす時がある
近くのものも遠いものも動きを止める
開かれた偶然に抱きとめられた再会
君に対する感情は 愛情だった
それに気づいた時に 僕たちの心は いっさいを乗り越えた

別れの理由 第一位は
一緒にいても楽しくないんだ

打ちあけ話は波うちぎわで
何を聞いても驚かない
驚かないふりはできる

波音は大きいし　よけるのに集中するから

ゆっくりと考えてみよう
君の言葉と君の気持ち
たぶん矛盾しているその言葉の奥の
本心を推理しよう

恋はやっかいだ
だれかがだれかをかばってる

踊りつかれて
くるんと散った
しばらくこのまま
死んだふり

青空を
赤トンボのハサミが切っていく
晩夏の野原に空の破片が飛ばされる

あの頃
君がいた頃も
こんな景色を見ていただろうが
何もおぼえていないんだ
何も　おぼえていないんだ

飛行機が高度を下げる
町や森が見える
ゆっくりと影が動く
家や道の上

静かに静かにいつまでも
着陸しない飛行機の中に
僕たちはいる

信号 白い車 青い電車
だ円の窓から見える世界は
手がとどくほど近く
人々の表情も見える

ずっとずっといつまでも
着陸しない飛行機

地面すれすれ
草のにおいまでする
三月みたいに ひんやりとした
風をまきあげる

地面すれすれ
友情と大人っぽさが入りまじる
ずっとずっと いつまでも
着陸しない飛行機のようなところに
僕たちはいる

シーンとなっちゃって
困ったわ
みんなバカみたいに
ぽかんとしたままなの
だから
「とにかくそういうことだから
後のことはよろしく
私のことは心配しないで」と
それだけ言って　とびだしてきたの

「憂愁待ち」

あなたの元気なところを
見たくないので
もうすこししゅんとした頃
会いましょう

常識がないと言われたが
それほどショックは受けなかった

常識とは何だろう
常識がないと　どうなるのだろう

常識が僕に
本当にないのだろうか
それは誰かを傷つけたのだろうか
知らずに誰かを傷つけたと言われたら
ハッとして　深くおわびもしようが
ただの常識のなさが誰をも傷つけず
僕が笑われるだけのことだとしたら
それは　僕は　かまわない

緊張が
あまりにもたかまったあまりに
彼女は
普段おとなしい彼女は
いきなり
とっぴょうしもないことを口ばしり
まわりの人々を
あぜんとさせた

LIVING DESERT
SMOKETREE SNACK BAR MENU
CANNED DRINKS .... $ .75
Coke, Pepsi, Slice, Root Beer, Orange, Cherry, Lipton Tea
Bottled Water $1.25
Coffee-Tea .... $ .75
Candy .... $ .75
Licorice .... $ .75
Candy Necklaces .... $ .50
Peanuts .... $ .50
ICE CREAM
Chipwich & Dreyers Bars $1.50
Ice Cream Sandwich $1.00
Fruit Bars $1.00
Big Sticks .... $ .75
SNACKS
Popcorn .... $ .75
Nachos $2.25
Soft Pretzels .... $ .75
Churros $1.50
Crackers & Cheese .... $ .75
Crackers & Peanut Butter .... $ .75
Bits-Peanut Butter .... $ .75

さわるとパラリと
こわれる君

冷静さ おとなしさ 一途さ
あなたが私に求め
そして結局 得られなかったもの
だって しかたないでしょう
私の心は あまりに ひきつけられやすく
世界はあまりに次から次へと
興味深いものを出してくるのよ

絶対にバレない
自信があるなら
つきあおう

島や国の形をしている
雨のあと
大ブリテン島と
ニュージーランド南島が
並んでいる

秋風は千鳥格子
異国情緒のささやき
紅葉の葉の浮き沈み

友だちみたいな忠告はやめて

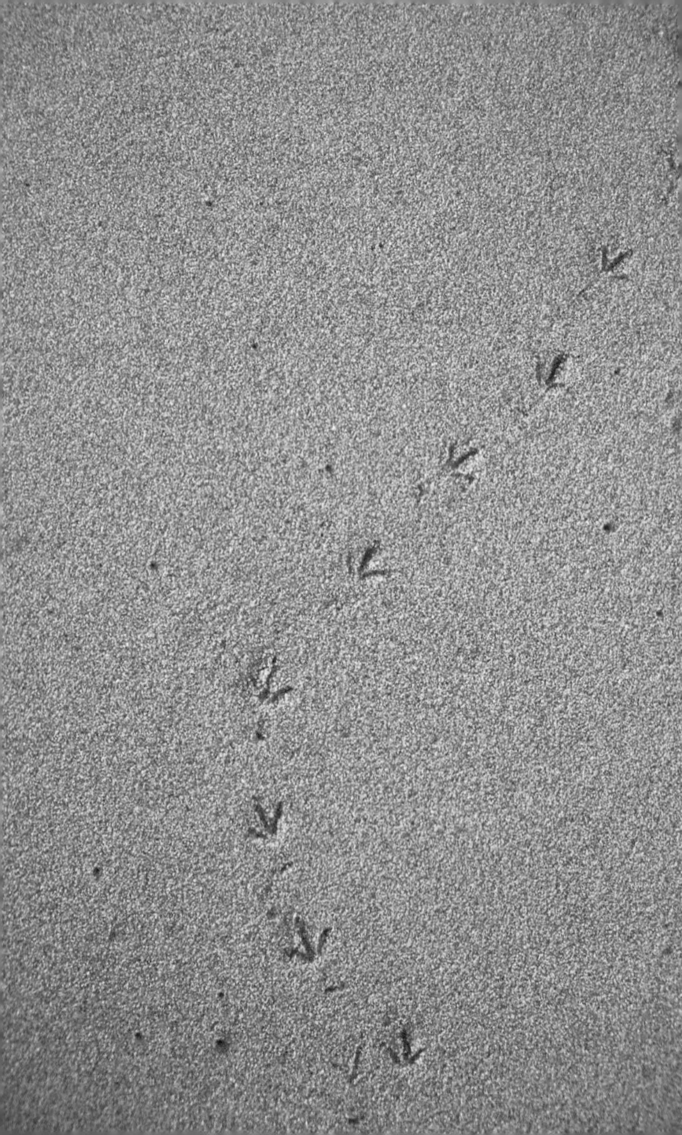

「進化」

僕らが歩んできた道は　長い長いはるかな時間
海の中の長い時
地上にあがった長い時
点々よりも小さな今と気が遠くなるこれまで

そして皮肉な君と僕　素直じゃないのも進化のひとつ

「七夕かざり」

私の願いを
知っているのは
私だけ

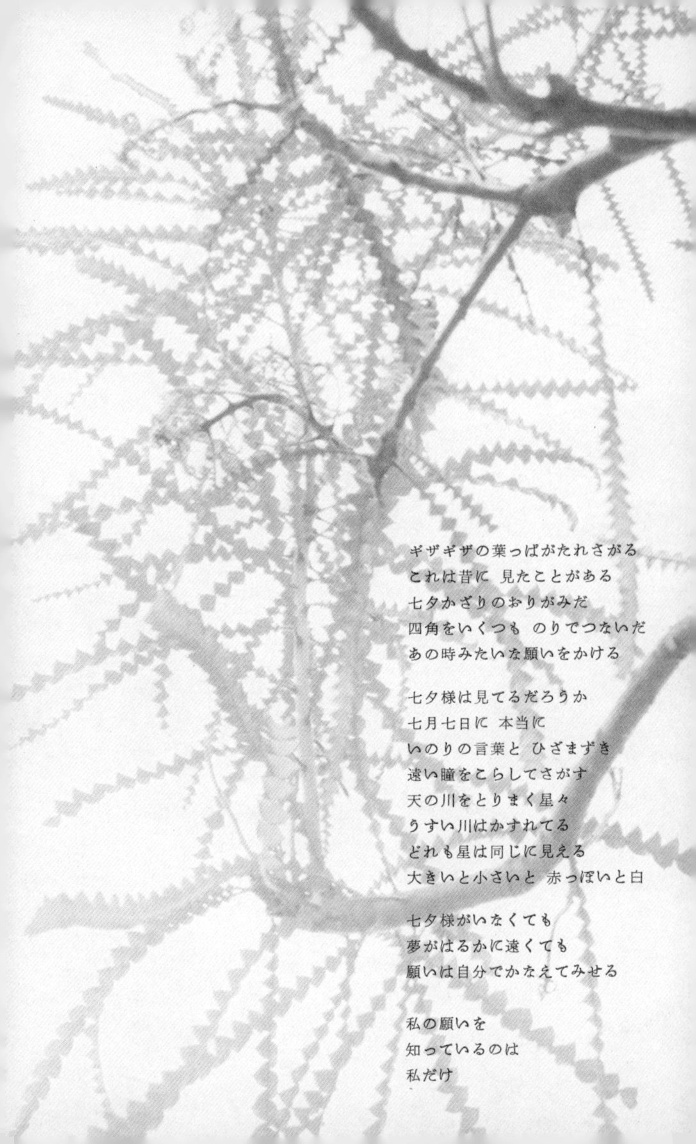

ギザギザの葉っぱがたれさがる
これは昔に 見たことがある
七夕かざりのおりがみだ
四角をいくつも のりでつないだ
あの時みたいな願いをかける

七夕様は見てるだろうか
七月七日に 本当に
いのりの言葉と ひざまずき
遠い瞳をこらしてさがす
天の川をとりまく星々
うすい川はかすれてる
どれも星は同じに見える
大きいと小さいと 赤っぽいと白

七夕様がいなくても
夢がはるかに遠くても
願いは自分でかなえてみせる

私の願いを
知っているのは
私だけ

君知るや　野バラ　君知るや　つめたき頬　目をつむり

おとがいを　天に向け　きつくたたずむ君を　君知るや

「見えない永遠」

永遠は目に見えないから
ないのかもしれないと思う
いつのまにか移りゆくものばかり

永遠は手にとれないから
ないのかもしれないと思う
触れればあとがつき壊れるものばかり

ずっと考えてばかりだった
最後までたどり着けず
答えはでない

でも救いはあるだろうとあなたは言う
どんな　とたずねてみる

あなたは大人で
ただそのことだけでも
私は追いつけない
私より多くを知ってて
経験もある

経験には　勝てない

私が永遠のことを考えはじめると
大人のあなたは笑う

私だって永遠なんてものに
それほど興味があるわけじゃないわ
あなたが近づいてくれないことが
悔しいだけなの

一度にひとつずつ
誰にでもわかる言い方で
丁寧に教えて

音符はどれも　バラついた虫のように　バラについた虫のように
あちこちへとんでいる
椅子にすわり　今後のことを充分に相談しようと思いながら
口から出たのは　別のこと
最後にひとつだけ　正直なことを言おうと決めて
あなたと話してるととても楽しいというようなことを告げたが
それだけが浮いていた
夏が行ってしまう

完全な沈黙が
糸電話の糸が
ふいにゆるんで
ゆらめく笑い

一度も話したことはないけど
あの人は仲間だ
先に僕の方が資格を失ってしまうかもしれないけど
たぶん今は　ここから見て頭がちらっと見えてる
あの人は　同じ精神をもつ人だ
同じ思いにせきたてられている人だ
僕の気持ちがゆるやかにカーブして
そのまま二度と流れに乗れなくなるような日がくるまでは
あるいは　何もかも受けいれてしまう日がくるまでは
あの人やあの人を心の支えにして
ひとりぼっちのこの道をすすもう

結局はみんな　ひとりひとり　だから
愛情は尊いのだと思う

私が力を失う時
どうぞ
力を失くしたまま
長くいさせないでと願う

悪いことばかり考えても
しかたないでしょう
何をしたくて
何を願っていたの

ほんのすこしでも
好きなことをするために
知恵をしぼらなきゃ

じっとして ここで
イヤなことばかり
思いうかべていたら
本当にこのままじゃない

とにかく
あてもなくても
このドアを
あけようよ

「星という輝き」

バラはこの夜に香る
一日のお別れにのぞんで
おもしろみのある強い言葉をさがす
冷たい冬空にも　つらい毎日にも
夜は等しく幕をおろす
星という輝きがなければ
生きるかいもないでしょう

この作品は一九九五年十一月小社より刊行されたものです。

幻冬舎文庫

●好評既刊
恋が彼等を連れ去った
銀色夏生

〈恋は　一瞬にして　世界を消してしまう魔法だ　恋は彼等を連れ去った　恋が彼等を連れ去った〉白く静謐な空間に広がる、クールであたたかな銀色夏生の世界。書き下ろし写真詩集。

●好評既刊
ハート
銀色夏生

テーブルの隅に、お風呂のあわの中に、道ばたに……。様々な色や形や手触りをした、日常にある小さくかわいいハートたちの写真と恋を歌った詩が織りなす、儚く明るい写真詩集。書き下ろし。

●好評既刊
へなちょこ探検隊
屋久島へ行ってきました
銀色夏生

木や緑が多く、水も空気もきれいで、自然たっぷりの屋久島に、へなちょこ探検隊が行ってきました。ほのぼの楽しく、心地いい、オールカラーフォトエッセイ。文庫書き下ろし。

●好評既刊
葉っぱ
銀色夏生

陽を浴びて、雨に濡れて、風に吹かれて……。さまざまな表情を持つ「葉っぱ」たちをとおし、日日に生きること、恋をすること、迷うことについて、静かにそして決然と語りかける。写真詩集。

●最新刊
サボテンのおなら
小林聡美・文
平野恵理子・絵

はるばる出かけた灼熱の国、メキシコ。なのに思い出は、幸せそうな犬とか市場の肝っ玉ばあちゃん……。絶対役に立たないけど、面白い、超個人的旅の手帳。初エッセイ、待望の復刊！

とにかく あてもなくても このドアを あけようよ

銀色夏生《ぎんいろなつを》

平成15年8月5日　初版発行

発行者――見城徹
発行所――株式会社幻冬舎
〒151-0051東京都渋谷区千駄ヶ谷4-9-7
電話　03(5411)6222(営業)
　　　03(5411)6211(編集)
振替00120-8-767643

印刷・製本―図書印刷株式会社
装丁者――高橋雅之

万一、落丁乱丁のある場合は送料当社負担で
お取替致します。小社宛にお送り下さい。
定価はカバーに表示してあります。

幻冬舎文庫

ISBN4-344-40399-1　C0195　き-3-5